CATALOGUE

DES

OBJETS D'ART

ET DE

CURIOSITÉ

DU MOYEN AGE ET DE LA RENAISSANCE

SCULPTURES

BOIS, MARBRES, PIERRES, STUCS, BRONZES

DES XVe ET XVIe SIÈCLES

Terres cuites émaillées des Robbia

VITRAUX, OBJETS VARIÉS

MEUBLES ET SIÈGES

Velours et Broderies

PROVENANT DE LA COLLECTION DE M. A. L.

ET DONT LA VENTE AURA LIEU

HOTEL DROUOT, SALLE N° 10

Le Vendredi 23 Avril 1897

à 2 heures

COMMISSAIRE-PRISEUR

Me P. CHEVALLIER

10, rue Grange-Batelière, 10

EXPERTS

MM. MANNHEIM Père & Fils

7, rue Saint-Georges, 7

EXPOSITION PUBLIQUE

Le Jeudi 22 Avril 1897, de 1 heure 1/2 à 5 heures 1/2

CONDITIONS DE LA VENTE

Elle sera faite au comptant.

Les acquéreurs payeront *cinq pour cent* en sus des adjudications.

L'exposition mettant le public à même de se rendre compte de l'état et de la nature des objets, il ne sera admis aucune réclamation une fois l'adjudication prononcée.

Paris. — Imp. de l'Art, E. MOREAU et Cie, 41, rue de la Victoire

DÉSIGNATION DES OBJETS

ANTIQUES

1 — Urne cinéraire antique en marbre blanc, à décor de chimères; couvercle et piédouche ornés de cannelures obliques.

2 — Buste, grandeur nature, en marbre blanc, de femme couronnée de laurier. Travail antique.

3 — Buste, grandeur nature, en marbre blanc : personnage portant une coiffure élevée. Travail antique.

4 — Tête de Méduse antique en marbre blanc.

5 — Buste d'empereur romain, grandeur nature, en marbre blanc; la tête, de travail antique, repose sur un buste d'époque postérieure.

6 — Buste de déesse en marbre blanc. Travail antique.

7 — Statuette antique en marbre blanc : Hercule enfant luttant avec les serpents.

8 — Statuette de Mercure debout, tenant une bourse. Bronze antique.

9 — Statuette de Mercure debout, en bronze antique; pied en marbre.

BOIS SCULPTÉS

10 — Statuette en buis sculpté de sainte femme debout, tenant un livre. XVe siècle.

11 — Statuette en buis sculpté : personnage debout, faisant un geste de pitié. XVIe siècle.

12 — Statuette en buis sculpté de femme endormie. Italie. XVIe siècle.

13 — Petit groupe en buis sculpté : la Vierge, l'Enfant Jésus et sainte Anne. Fin du XVIIe siècle.

14 — Petit groupe en buis sculpté : la Vierge et l'Enfant Jésus. XVIIe siècle.

15 — Buste d'évêque en bois sculpté, grandeur nature. Époque romane.

16 — Statuette en bois peint de sainte femme debout. Flandres. Fin du xve siècle.

17 — Statue-applique en bois sculpté : personnage assis, tenant un livre et méditant, la tête appuyée sur la main gauche ; il est vêtu d'une longue tunique amplement drapée. Flandres. Fin du xve siècle.

18 — Grand haut-relief sans fond en bois peint : la descente de croix ; composition de sept personnages. Fin du xve siècle.

19 — Deux hauts-reliefs sans fond en bois peint : groupes de soldats ; provenant d'un retable. Fin du xve siècle.

20 — Statuette en bois sculpté : sainte femme à mi-corps, en prières. Fin du xve siècle.

21 — Statue en bois sculpté : le Christ en prières. Fin du xve siècle.

22 — Buste en bois peint de sainte femme, la tête couverte d'un voile blanc. xve siècle.

23 — Buste-applique en bois sculpté de jeune femme, la tête couverte d'une draperie. Commencement du XVIe siècle.

24 — Buste en bois sculpté de personnage portant les cheveux longs. Commencement du XVIe siècle.

25 — Petit groupe en bois sculpté et peint : la Vierge assise, tenant l'Enfant Jésus debout sur ses genoux. Commencement du XVIe siècle.

26 — Haut-relief sans fond en bois sculpté : saint Michel. XVIe siècle.

27 — Petit groupe-applique provenant d'un Massacre des Innocents, bois sculpté : femme tenant son enfant. Ecole de Michel-Ange. XVIe siècle.

28 — Statue de saint Michel, en bois sculpté. XVIe siècle.

29 — Statuette de saint Jean, en bois sculpté, provenant d'une crucifixion. XVIe siècle.

30 — Deux statuettes en bois sculpté : saint Jean et sainte femme debout. Traces de peinture. XVIe siècle.

31 — Groupe en bois sculpté et peint : saint Christophe. XVIe siècle.

32 — Deux statuettes en bois sculpté, peint et doré : saint Jean-Baptiste et la Vierge en prières. École allemande du XVIe siècle.

33 — Bas-relief en bois sculpté : supplice de quatre personnages. Italie. XVIe siècle. Encadrement à palmettes.

34 — Statuette en bois peint : amour taillant un arc. Italie. XVIe siècle.

35 — Petit bas-relief, en bois sculpté, présentant le couronnement d'épines, scène placée au-dessus d'une arcade contenant deux personnages. Italie. XVIe siècle.

36 — Petite gaine en bois sculpté, à triple corps de femme : allégorie des Vertus théologales. Travail espagnol du XVIe siècle.

37 — Tabernacle en bois peint et doré, à décor de cariatides, amours et sujets saints. Espagne. XVIe siècle.

38 — Tête de saint Jean-Baptiste, en bois sculpté et peint, sur un plat d'étain armorié. Travail espagnol. XVIe siècle.

39 — Cadre en bois sculpté, décoré de figures allégoriques des Vertus théologales, de pampres et de chardons. Travail espagnol. Fin du XVIe siècle.

MARBRES ET PIERRES SCULPTÉS

40 — Bas-relief en marbre blanc : la Vierge adorant l'Enfant Jésus ; au second plan, des chérubins. École de Mino de Fiesole.

41 — Support en marbre blanc à décor de feuillages et dauphins. Italie. XVIe siècle.

42 — Statuette en marbre blanc, d'après l'antique : le faune au chevreau. École italienne. XVIIe siècle.

43 — Groupe en albâtre : le Père Éternel tenant le Christ en croix. XVe siècle.

44 — Petit groupe en pierre sculptée : la Vierge debout, tenant l'Enfant Jésus de la main gauche, le sceptre de la droite. XIVe siècle.

45 — Groupe en pierre sculptée et peinte : la Vierge debout, allaitant l'Enfant Jésus ; elle est vêtue d'une robe à amples draperies, dont elle tient un pan relevé de la main droite. Fin du XIVe siècle.

46 — Petit groupe en pierre peinte : le Christ de pitié. XVe siècle.

47 — Groupe en pierre sculptée : la Vierge debout portant l'Enfant Jésus, qui tient une grappe de raisin. XVe siècle.

48 — Buste de sainte femme en prières, en pierre sculptée et peinte. Fin du XVe siècle.

49 — Groupe en pierre : la Vierge assise tenant l'Enfant Jésus. XIVe siècle.

50 — Groupe en pierre : la Vierge debout portant l'Enfant Jésus. XVIe siècle.

51 — Buste-applique, grandeur nature, d'après l'antique, en pierre sculptée, de femme, la tête tournée vers l'épaule droite, les épaules couvertes d'une draperie.

*

BRONZES, TERRES CUITES, STUCS

52 — Buste en bronze à patine brune, grandeur nature, de l'évêque Salutati, coiffé de la mitre et vêtu des ornements sacerdotaux, fonte ancienne. L'épreuve en marbre fait partie du tombeau de cet évêque, construit par Mino de Fiesole dans la cathédrale de Fiesole.

53 — Porte de tabernacle en bronze : le Christ mort soutenu par Dieu le Père. XVIIe siècle. Encadrement de bois sculpté.

54 — Édicule gothique en bronze surmonté d'une croix.

55 — Figurine, en bronze doré, de saint personnage tenant un livre et une petite chapelle. XVIe siècle.

56 — Haut-relief en terre cuite émaillée blanc sur fond bleu ; la Vierge tenant l'Enfant Jésus. Atelier des Robbia. Fin du XVe siècle. Encadré.

57 — Deux bas-reliefs en terre cuite émaillée de la suite des Robbia : bustes de Raphaël et de la Fornarina. Cadre en bois sculpté.

58 — Statuette en terre cuite : la Madeleine repentante. École de Verocchio.

59 — Haut-relief en terre cuite de la Renaissance : la Vierge tenant l'Enfant Jésus ; devant eux saint Jean-Baptiste et, de chaque côté, un ange. École florentine. Encadrement en bois sculpté à pilastres.

60 — Buste de saint Jean en terre cuite peinte. École florentine de la Renaissance.

61 — Statuette, en terre cuite, de moine debout, chaussé de sandales, vêtu d'une ample robe. XVIe siècle.

62 — Bas-relief en stuc : la Vierge tenant l'Enfant Jésus, devant qui le petit saint Jean est en prières ; une tête de chérubin est placée à la partie inférieure ainsi que de chaque côté de la tête de la Vierge. Travail florentin. Fin du XVe siècle.

63 — Bas-relief en stuc peint : la Vierge tenant l'Enfant Jésus étroitement embrassé. Travail florentin. Fin du XVe siècle.

64 — Bas-relief en stuc peint : la Vierge tenant l'Enfant Jésus. Ecole de Donatello. Encadrement architectural en bois peint et doré de même époque.

VITRAUX

65 — Vitrail polychrome : saint Denis portant sa tête ; à côté de lui, un diacre tenant la mitre. XIIIe siècle.

66 — Fragment de vitrail polychrome : enfant couché et motifs d'architecture. Fin du XVe siècle.

67 — Fragment de vitrail polychrome : saint Michel. Fin du XVe siècle.

68 — Fragment de vitrail polychrome : saint Martin. Fin du XVe siècle.

69 — Fragment de vitrail polychrome : sainte femme. Fin du XVe siècle.

70 — Trois vitraux polychromes : le Calvaire : au pied de la croix, sainte Madeleine ; à droite et à

gauche de nombreux personnages, saint Jean, les saintes femmes, des soldats, etc. Commencement du XVIe siècle.

71 — Six petits vitraux ronds présentant chacun un saint personnage ; encadrements de feuillages. Commencement du XVIe siècle.

72 — Deux petits vitraux ronds : la Vierge et l'Enfant, sainte Marguerite ; encadrements de feuillages polychromes. Fin du XVe siècle.

73 — Deux petits vitraux polychromes avec encadrements : bergère et personnages ; la Vierge, l'Enfant Jésus et les anges ; inscriptions françaises. XVIe siècle.

74 — Vitrail polychrome : la Vierge debout tenant l'Enfant Jésus ; fond de paysage avec monuments. XVIe siècle.

75 — Quatre vitraux polychromes, Renaissance : bustes d'hommes.

(*Provenant de la collection Delaherche.*)

76 — Petit vitrail ovale polychrome : la Vierge tenant l'Enfant Jésus. XVIIIe siècle.

77 — Deux petits vitraux ovales polychromes : saint André et sainte Madeleine. XVIIIe siècle.

78 — Petit vitrail rond polychrome : saint Pierre. XVIIIe siècle.

79 — Petit vitrail ovale en grisaille : saint Nicolas. XVIIIe siècle.

80 — Petit vitrail rond polychrome : saint Jean-Baptiste.

OBJETS VARIÉS

81 — Grand bas-relief en faïence de Nuremberg du XVIe siècle : le Christ en croix tenu par Dieu le Père ; de chaque côté des anges ; encadrement architectural.

82 — Deux carreaux portant la date 1554 et de même travail que le bas-relief précédent.

83 — Écusson armorié de même travail également, avec le nom : *Rvprecht Heller.*

84 — Coupe ronde sur piédouche en ancienne faïence de Faenza, à décor de feuillages en camaïeu bleu.

85 — Petit plat creux aux armes du pape Jules II, en ancienne faïence de Faenza.

86 — Plat en ancienne faïence hispano-moresque, à reflets métalliques réchampis de bleu.

87 — Carreau à reflets, faïence espagnole.

88 — Bol en porcelaine de Siam, décoré de divinités.

89 — Petite coupe en émail peint de Limoges, par *J. Laudin :* buste de femme, au fond.

90 — Aiguière en verre incolore, décorée d'ornements en verre bleu. XVIe siècle.

91 — Coffret en pâte dorée, à décor de sujets mythologiques sur la façade et d'armoiries sur les côtés. Italie, XVIe siècle.

92 — Coffret oblong en bois et os sculpté, à décor de personnages dansant. XIVe siècle.

93 — Calice, du XVe siècle, pied à nœuds, en cuivre doré.

94 — Deux petits vases en fer, décorés d'arabesques argentées. Travail oriental.

95 — Crémaillère en fer. XVe siècle.

96 — Trois panneaux en bois peint, à sujets symboliques, fond de paysage. XVIe siècle.

97 — Lot de panneaux peints, à décor de bustes et d'armoiries. Travail italien, XVe siècle.

98 — Peinture sur cuir gravé : portrait de Henri II. Signée : *C. de Récy*. Cadre en pâte peinte.

99 — Deux colonnes-supports en bois sculpté, à décor de grotesques et de rinceaux. Époque Henri III.

100 — Support en chêne sculpté, à colonnettes et panneaux fleurdelisés.

MEUBLES

101 — Meuble à deux corps en bois sculpté, avec rehauts de dorure ; décor de figures mythologiques en bas-relief, de rinceaux et de masca-

rons; il ferme à quatre portes et contient plusieurs tiroirs. École de l'Ile-de-France du XVIe siècle.

102 — Meuble à deux corps en bois sculpté, à décor d'entrelacs et de pilastres; il ferme à quatre portes et contient un tiroir. École lyonnaise du XVIe siècle.

103 — Meuble Renaissance à deux corps en chêne sculpté, avec incrustations de marbre vert de mer; décor de figures mythologiques et de moulures; il ferme à quatre portes et contient plusieurs tiroirs.

104 — Crédence Renaissance en noyer sculpté, à portes et tiroirs, décorée d'entrelacs et de feuillages et supportée par une console à fond plein et à colonnettes; anneaux ornés de mufles de lions en bronze.

105 — Console en bois sculpté et peint, à colonnettes, guirlandes et armoiries. XVIe siècle.

106 — Corps supérieur de meuble en bois sculpté, décoré, en léger relief, de figures allégoriques, trophées et animaux chimériques. École de l'Ile-de-France. Fin du XVIe siècle.

107 — Table rectangulaire Renaissance en noyer, à sept pieds reliés par des traverses.

108 — Table rectangulaire Louis XIII en noyer sculpté, à décor de feuillages et sur pieds colonnettes, cannelés, reliés par des traverses.

109 — Coffre Renaissance en chêne sculpté, décoré de feuillages et d'entrelacs, avec pilastres aux angles.

110 — Coffre Renaissance en chêne sculpté, à décor de palmettes et entrelacs, avec colonnettes cannelées aux angles.

111 — Coffre en chêne sculpté, Renaissance, à décor de saints personnages sous des dais, avec légende latine.

112 — Grand fauteuil espagnol en bois sculpté, à fruits et feuillages; dossier en marqueterie de bois de couleurs, aux armes de l'Inquisition, et siège en ancienne brocatelle à fond jaune.

113 — Fauteuil en bois, sur pieds tournés, reliés par des traverses; coussin en velours rouge, avec bandes Renaissance en velours violet et applications.

114 — Chaise en bois, à pieds en X, couverte d'ancien damas rouge.

115 — Escabeau en bois sur pieds en X et pliant couvert en ancien damas rouge.

116 — Deux escabeaux en bois, dossier à entrelacs et coussins en damas rouge.

117 — Trois sièges : deux fauteuils et banquette en noyer, couverts en ancien lampas à fleurs sur fond vert damassé.

118 — Fauteuil Louis XIII en bois, à bras tors; siège en velours rouge.

119 — Chaise en bois, à dossier rectangulaire, couverte en ancien damas rouge, à grands ramages.

120 — Tabouret Henri II en bois, couvert de satin broché.

121 — Chaise en bois, à pieds reliés par des traverses; siège et dossier de cuir, clouté de cuivre. XVIIe siècle.

122 — Chaise en bois, siège et dossier en cuir, aux armes de Rubens; clous de cuivre. XVIIe siècle.

123 — Deux chaises en bois, couvertes de cuir, décorées de mufles de lions. XVIIe siècle.

124 — Tabouret en bois, à pieds contournés reliés par une traverse, et couvert en ancien damas rouge.

ÉTOFFES

125 — Chasuble en velours rouge avec applications : rinceaux, monogrammes et écussons. Espagne, XVIe siècle.

126 — Chasuble en velours rouge avec applications : rosaces et rinceaux. Espagne, XVIe siècle.

127 — Chasuble en brocart à fond rouge, orfroi brodé de métal avec applications : grenades et saints personnages. Espagne, XVIe siècle.

128 — Trois pièces : pluvial de chasse et deux orfrois de brocart, à fond rouge, à palmettes et au chiffre du Christ, brodé de métal. XVIe siècle.

129 — Trois bandes de velours rouge avec appli-

cations, à médaillons de saints personnages et rinceaux. Espagne, XVIe siècle; frange à grille à l'une d'elles.

130 — Deux bandes de velours rouge avec applications : rinceaux. Espagne, XVIe siècle.

131 — Deux orfrois en velours violet, brodé de métal : saint personnage et palmettes. Espagne, XVIe siècle.

132 — Bande de velours violet avec applications : rinceaux. Espagne, XVIe siècle.

133 — Orfroi brodé de soies de couleurs et lamé de métal à sujets saints. Italie, XVIe siècle.

134 — Deux petites bandes en satin rouge brodé et avec applications : personnages debout. XVIe siècle.

135 — Panneau de brocatelle, à entrelacs jaunes sur fond bleu. XVIe siècle.

136 — Petit panneau de satin rouge, avec applications de broderie à personnages du XVIe siècle.

137 — Petit carré de soie bleue brodée : armoirie et fleurs. XVIe siècle.

138 — Deux bandes de velours marron avec applications : vases de fleurs et rinceaux. Espagne, XVIe siècle.

139 — Panneau de velours de Venise : fleurs sur fond jaune. XVIe siècle.

140 — Trois fragments de velours rouge brodé d'argent à rinceaux. XVIIe siècle.

141 — Broderie italienne du XVIe siècle : Hercule et Antée.

142 — Panneau brodé, chairs peintes : ostensoir et anges. Espagne. XVIIe siècle.

143 — Quatre pièces : médaillon brodé à sujet saint, petite bande brodée à personnage, fragment de velours à ramages verts, petite bande en velours marron ciselé à dessin blanc. XVIe siècle.

144 — Fragment de tapisserie gothique : oiseaux et fleurs.

145 — Panneau de tapisserie au point : rosaces et fleurs sur fond rose. XVIIe siècle.

146 — Tapis en ancienne guipure et satin crème.

147 — Tapis d'ancienne guipure.

148 — Petit tapis en broderie persane à fleurs.

www.ingramcontent.com/pod-product-compliance
Ingram Content Group UK Ltd.
Pitfield, Milton Keynes, MK11 3LW, UK
UKHW021928190726
13853UKWH00002B/915